Andaria II
Der brennende Wind der Zerstörung

Andaria II

Der brennende Wind der Zerstörung

Der brennende Wind der Zerstörung

Der brennende Wind der Zerstörung

Der brennende Wind der Zerstörung

Inhalt

Der brennende Wind der Zerstörung

Der brennende Wind

Nach einigen Jahren des Friedens und des Wohlstandes in Andaria war der Tag gekommen, an dem König Ludwig einfach zu alt geworden war und seinen Thron, wie sie es vereinbart hatten, Jan überließ Die Krönungsfeier fand draußen auf dem Balkon des Schlosses statt, und natürlich waren alle Völker eingeladen. Ganz besonders freute sich Jan über die Gemeinschaft, seine alten Gefährten, die ihn damals darin unterstützt hatten, Kraimael zu besiegen. Die Völker feierten mit Freude den neuen König, und als Jan die Krone aufgesetzt bekam, da verstarb der alte König Ludwig friedlich in dem Wissen, dass sein Königreich in guten Händen war.

Der neue König saß auf seinem Thron auf dem Balkon und blickte aufs Meer hinaus.

Plötzlich sah er etwas und rief: „Was ist das?"

Alle blickten aufs Meer, doch was sie da sahen, gefiel ihnen überhaupt nicht.

Sie sahen eine übermächtige Welle auf dem Meer, gefolgt von einer schwarzen Wolke und einem schnellen Wind, der ihnen ins Gesicht peitschte. Dann hörten sie ein Knacken und Brechen der Bäume, die in der Nähe standen. Es erklang nur noch der laute und ängstliche Schrei eines Wachpostens: „Drache, Drache, rette sich, wer kann!"

Der brennende Wind der Zerstörung

Sie sahen, wie ein riesiger rubinroter Drache mit gelben leuchtenden Augen, scharfen Zähnen und enormen braunen Krallen auf sie zuflog.

Jan befahl energisch: „Zu den Waffen!"

Ohne zu zögern, gingen zahlreiche Bogenschützen in Stellung.

Jan forderte die Anwesenden zur Flucht auf und seine Gäste verließen so schnell sie nur konnten die Burg. Er hingegen wollte gerade selbst zum Bogen greifen, als einer seiner engsten Befehlshaber zwei Soldaten den Befehl gab, ihn, den König, in Sicherheit zu bringen. Sie begleiteten ihn aus der Burg heraus und wollten gerade zurücklaufen, als die Bogenschützen und Wachleute bereits versuchten, das riesige Monster aufzuhalten. Nach dem Befehl ihres Kommandanten eröffneten sie einen Pfeilhagel nach dem anderen. Sie warfen Steine und spitze Speere, doch alle ihre Bemühungen schienen fehlzuschlagen, denn alles, was sie dem Drachen entgegenschleuderten, prallte an ihm ab und fiel mit einem dumpfen Geräusch zu Boden, so als hätten sie ihn mit Papier beschossen. Durch seine dicke, schuppige Haut war kein Durchkommen, noch nicht einmal einen einzigen Kratzer trug er von den zahlreichen Attacken der Soldaten davon.

Für das Monster war seine Zeit gekommen. Es nahm einen tiefen Atemzug und mit nur einem einzigen Feuerstoß, der aus seinem Rachen fauchte, brannte er fast die gesamte Wachmannschaft nieder.

Die wenigen Überlebenden dieses schweren Angriffs flohen sofort in die Wälder, denn sie wussten, dass sie gegen ein derartiges Monster keine Chance hatten. Kaum waren sie aus der Burg geflohen, da holte der Drache erneut Luft und brannte die Burg bis auf die Grundmauern nieder. Sein feuriger Atem hatte eine solche Stärke und Wucht, dass einige Teile der Burg auch ohne Feuer eingestürzt wären.

Jan und den anderen blieb nichts übrig, als vom Waldesrand mit anzusehen, wie die Festung bis zu einer Ruine verbrannte. Jan schrie seinen Magier verzweifelt an: „Gandural, warum tust du denn nichts?"

Gandural antwortete ängstlich: „Jan, hast du es denn nicht bemerkt?"

„Was bemerkt?", schrie Jan.

Gandural schrie zurück: „Schau auf seine leuchtend gelben Augen. Es ist ein Zauberdrache, ich kann nichts tun, denn jegliche Magie, die man auf einen Zauberdrachen schleudert, kommt sofort auf einen zurückgeflogen, und das mit zusätzlicher Energie. Ein Zauber von mir auf die Bestie könnte uns alle umbringen."

Jan war verzweifelt. Gerade erst war er zum König gekrönt worden und das Land lebte in Wohlstand und Frieden, da musste so etwas passieren. Er fragte sich, was er nun tun sollte. Die Völker verlangten Führung vom neuen König,

doch dieser stand nur da und sah mit gedrückter
Stimmung in Richtung seiner alten Burg.
Es war hoffnungslos, an der Festung war nichts mehr zu
retten, denn inmitten der Flammen stand auf einem
zusammengestürzten Haufen Steine die große rote Bestie,
so als wollte sie sichergehen, dass auch wirklich alles
abbrennen würde.

Der brennende Wind der Zerstörung

Der brennende Wind der Zerstörung

Als nach einer Weile der Brand endlich etwas nachgelassen hatte und die Hitze etwas abgeklungen war, da kletterte aus den Trümmern ein Mann hervor. Alle schauten erschrocken in seine Richtung, denn allen war klar, dass ihn die Bestie braten würde.
Bei genauerem Hinsehen fiel ihnen auf, dass es sich um Kraimael handeln musste. Sie hatten ihn damals in das tiefste Verlies gesteckt und so war er für die meisten in Vergessenheit geraten.
Als er so dastand, tat er den Zuschauenden fast leid, denn sie wussten, sobald der Drache ihn bemerken würde, war es aus mit ihm.
Kraimael ging in Richtung des Drachen und als dieser ihm in die Augen sah, da passierte es plötzlich: Die Bestie machte einen Schritt in seine Richtung.
Die Anwesenden zuckten vor Schreck zusammen. Alle fragten sich, was der Drache wohl tun würde. Vielleicht würde er ihn mit seinen riesigen Krallen zerreißen, vielleicht aber auch einfach fressen?
Doch es kam ganz anders.
Kraimael streckte seine Hand aus und streichelte dem Monster das Gesicht, dann sank der Drache auf den Boden und Kraimael nahm auf seinem Rücken Platz.
Scheinbar hatte er auch ohne Bücher und Schriftrollen ein paar magische Fähigkeiten auf Lager und hatte den Drachen irgendwie mittels schwarzer Magie gerufen.

Der brennende Wind der Zerstörung

In diesem Moment wünschten sich die Völker Andarias,
sie hätten ihn damals nicht am Leben gelassen oder ihn
zumindest so weit wie möglich verbannt.
Kraimael blickte böse in Richtung des Königs und rief: „Jan,
ich werde mich fürchterlich rächen für das, was du mir
angetan hast. Das hier war nur der Anfang."
Danach gab er dem Drachen einen leichten Klaps und mit
einem lauten, ohrenbetäubenden Gebrüll flog der Drache
in die Luft und verschwand mit dem bösen Magier
blitzschnell über das weite Meer.

Der brennende Wind der Zerstörung

Kraimael und sein Drache flogen eine ganze Weile und trotz der enormen Geschwindigkeit des Tieres kam dem Magier die Zeit doch recht lange vor.

Doch irgendwann kamen sie endlich zu einer Insel. Kraimael hatte sie vor Jahren auf einer alten Karte entdeckt und sein Plan war es schon damals gewesen, diese Insel direkt nach Andaria zu versklaven.

Es war eine seltsame Insel, denn sie war überhaupt nicht schön. Dunkelbraunes Wasser umgab sie und auf der Insel selbst gab es so gut wie nichts, außer kargem Fels, grauem Gestein und viel trister Landschaft aus schwarzer Lava. In der Mitte befand sich ein Vulkan, der ständig dunklen Rauch ausstieß.

An der Küste ankerten Schiffe – die stabilsten und schönsten Schiffe, die man sich vorstellen konnte. Sie waren aus Eichenholz gebaut und wiegten sich im Meer bei jeder Welle. Sie trugen eine Totenkopfflagge, die im Wind hin und her wehte.

In dem Gestein der vielen grauen Berge befanden sich Höhlen, die dort von Menschen hineingeschlagen worden waren, die darin lebten. Aber nicht irgendwelche Menschen, es war ein vertriebenes Volk, das schon seit Generationen dort lebte und nur durch Überfälle und Plündereien überleben konnte.

Einst lebte das Bergvolk friedlich im Südland, bis das Unglück geschah und sich ihr damaliger Anführer in die Tochter des Königs vom Süden verliebte. Natürlich untersagte der König dem Anführer seine Liebe, denn es war verboten, dass ein einfacher Bauer mit einer Prinzessin zusammen war.

Doch die Liebe der beiden war so stark, dass sie sich weiterhin heimlich trafen. Eines Tages erwischte sie der König dabei und war so erbost, dass man seine Worte missachtet hatte, dass er das Bergvolk für alle Zeiten aus dem Südland verbannte.

Das Bergvolk brauchte einige Wochen auf See, bis sie diese einsame Insel entdeckten und sie anschließend zu ihrer neuen Heimat machten.

Als sie nun den Drachen sahen, hörte man ein Alarmglöckchen klingeln, das ein Wachposten energisch läutete und dazu laut rief: „Drache, zu den Waffen!"

In Sekundenschnelle hatten sich die Wilden mit Pfeil und Bogen auf den Felsen versammelt und schossen einen gewaltigen Pfeilhagel auf das riesige Monster.

Doch auch hier prallten die Pfeile ab, als sei es nichts. Als ihr Anführer gerade den Rückzug befehlen wollte, landete der Drache genau vor seinen Füßen.

Seine Armee wollte ihn schützen und machte sich bereit, mit gemeinsamer Kraft auf den Drachen zuzustürmen, doch da ergriff Kraimael blitzschnell das Wort: „Haltet ein, ich komme in friedlicher Absicht."

Die Armee blieb erst mal ängstlich und verwundert stehen, man konnte in ihren Augen sehen, dass sie nicht verstehen konnten, was gerade vor sich ging.

Der brennende Wind der Zerstörung

Kraimael stellte sich auf den Rücken des Drachen, so dass ihn jeder gut sehen konnte, und ergriff erneut das Wort. Er rief sehr laut: „Volk von der Steininsel, hört mich an, habt keine Angst, denn ich komme wirklich in friedlicher Absicht."

Daraufhin kehrte etwas Ruhe ein und die Männer, die gerade noch vor Angst gezittert hatten, machten einen so entspannten Eindruck, als sei nie etwas gewesen.

Alle Augen des Bergvolks waren gespannt auf den Magier gerichtet.

„Ich weiß, das Leben war hart und ungerecht zu euch. Man hat euch hier auf diese Insel mit kargem Fels und Stein verbannt, und das für einen Fehler, den irgendjemand vor Generationen begangen hat.

Es ist unfair, denn während andere die Fülle des Lebens genießen können, fristet ihr euer Dasein auf dieser öden Insel.

Auch ich wurde aus meiner Heimat Andaria vertrieben, einem schönen, fruchtbaren Land mit Pflanzen und Seen, mit wunderschönen Wäldern und grünen Wiesen, auf denen man sogar den Duft des Grases riechen kann.

Der Boden ist dort so fruchtbar, dass so gut wie jede Frucht dort wächst. Es gibt Äpfel, Birnen, Beeren und einige weitere Früchte, die man sich, ohne sie gesehen zu haben, nur schwer vorstellen kann."

Die Soldaten folgten seinen Worten und einigen lief das Wasser im Munde zusammen, während sie an die Vielfalt der Früchte dachten. Andere konnten sich so in Gedanken in die wunderschöne Landschaft einfühlen, dass sie zu träumen begannen.

„Nun möchte ich endlich wieder nach Hause und Andaria zurückerobern", setzte Kraimael seine Ansprache fort.

„Das kann ich nicht alleine schaffen, aber wenn ihr mir helft, dann sollt ihr ein großes Stück vom Reichtum und Wohlstand abbekommen und jeder, der es wünscht, darf für immer in Andaria bleiben."

Dann schrie Kraimael laut: „Was sagt ihr, Bergvolk, seid ihr dabei?"

Geschlossen und mit Nachdruck erklang ein lautes und durch die Felsen schallendes „Ja" von allen Anwesenden.

Mit einem innerlich gierigen Grinsen sprach der Drachenreiter erneut: „Dann lasst uns gemeinsam losziehen und endlich wieder für Gerechtigkeit sorgen."

Anschließend legte der Drache sich nieder und Kraimael stieg langsam von ihm ab.

Er sah den Anführer des Bergvolks an und ging auf ihn zu. Es dauerte nicht lange, da standen sie sich gegenüber, denn der König des Bergvolks kam ihm ein paar Schritte entgegen.

Der Anführer der Wilden sah aus der Nähe betrachtet angsteinflößend aus. Es war ein über zwei Meter großer Mann mit schulterlangen blonden Haaren und einem langen blonden Vollbart, der bis zu seiner Brust reichte. Sein Gesicht war von fürchterlichen Narben gezeichnet, die er von einigen Schlachten davongetragen hatte, und seine muskulöse Statur glich der eines Ochsen.

Er hatte riesige Oberarmmuskeln und streckte Kraimael seine Hand entgegen, die so groß war, dass die des Zauberers darin verschwand.

Dann sprach er mit einer tiefen, dunklen und furchteinflößenden Stimme:

„Mein Name ist Ismack, ich bin der Anführer des Bergvolks."

Der Zauberer antwortete ihm: „Ich bin Kraimael, der rechtmäßige König und Herrscher über ganz Andaria."

„Gut, Kraimael, komm mit in meine Höhle, wir haben sehr viel zu besprechen."

Dann rief er eine Frau herbei: „Freyer, los, besorg mir und unserem Gast Wein."

Anschließend gingen beide in die Höhle des Bergvolkkönigs.

„Setz dich, Kraimael."

Kraimael setzte sich auf einen der Holzstühle, während es sich Ismack auf einem Thron aus purem Gold, auf dem ein Bärenfell lag, bequem machte.

„Einen schönen Thron hast du da."

„Ja, schön ist er, aber er hat mich auch diese Narbe gekostet", antwortete Ismack lachend und deutete mit seinem Finger auf eine riesige Narbe auf seinem Kinn.

„Aber das war es wert, denn von diesem einen Raubzug konnten wir einen ganzen Winter gut überstehen."

Der brennende Wind der Zerstörung

Dann kam Freyer mit dem Wein.

„Na endlich", sagte Ismack.

Sie schenkte Kraimael etwas in ein Trinkhorn ein, während der König aus seinem Krug trank, der bestimmt drei Liter fasste.

„Kraimael, dann erzähl mir doch mal, wie du Andaria zurückerobern willst.

Wir selbst hatten vor einigen Jahren einmal geplant, Andaria einzunehmen. Wir hatten es über eine sehr lange Zeit ausgespäht, doch damals herrschte dort eine riesige Skelettarmee und irgendwann auch ein riesiger Krieg. Deshalb hatten wir uns entschieden, es zu lassen. Es war viel zu gefährlich."

„Ja, du hast recht, es gab dort diese riesige Skelettarmee, die Andaria besetzt hatte. Es war eine schreckliche Zeit und die Bevölkerung erlitt große Not, doch ich als rechtmäßiger König des Landes habe die Armee gemeinsam mit meinem Volk besiegt und der Tyrannei ein Ende bereitet.

Doch eines Tages fiel ich auf eine List meines engsten Vertrauten Jan herein. Jan war, wie ich dachte, mein treuster Berater und Magier, doch eines Tages, als ich nicht aufpasste, verzauberte er mein Gesicht, deshalb sehe ich so alt aus. Dann behauptete er, der König sei tot und er als Nachfolger eingesetzt worden. Natürlich glaubte mir aufgrund meiner Gestalt keiner mehr, dass ich der richtige König bin, und nach mehreren Versuchen

Der brennende Wind der Zerstörung

wurde es Jan zu gefährlich. Er bezichtigte mich der
Täuschung und des Hochverrats gegen das Königreich,
weshalb er mich verbannt hat.
Er sagte zu mir: ‚Kehrst du jemals wieder nach Andaria
zurück, dann droht dir ein qualvoller Tod.'
Danach fand ich diesen Drachen, der sich verletzt hatte
und in einem Seil gefangen am Boden lag.
Ich befreite ihn und half ihm, sich zu erholen, deshalb
bleibt er nun immer treu an meiner Seite.
Alleine kann ich sie nicht besiegen, denn Jans Armee ist
einfach zu groß. Aber gemeinsam können wir es schaffen.
Jedoch müssen wir uns beeilen, denn im Moment haben
sie keine Burg und keine Mauern mehr. Wir haben einen
Drachen und sobald wir Andaria eingenommen haben, soll
mein Reich auch euer Reich sein."
Ismack war überrascht und gleichzeitig wurde er sehr
wütend, denn die Geschichte erinnerte ihn zu sehr an die
Erzählungen, wie sein Volk vertrieben wurde.
Er sagte erzürnt: „Kraimael, wir sind dabei und werden dir
helfen. Ich schlage Folgendes vor.
Es ist eine Zweitagesfahrt von hier. Du und ein Großteil
meiner Männer, ihr fahrt sofort los. Ich werde mit den
restlichen zu unseren Verbündeten, dem anderen
Bergvolk, fahren und sie um Unterstützung bitten. Ihr
Anführer Penlo schuldet mir noch einen Gefallen,
außerdem sind sie Meister der Waffen und der

Kriegskunst und wir können jeden weiteren Mann sehr gut gebrauchen."

„Guter Plan, Ismack", antwortete Kraimael gutgelaunt. „Genauso machen wir es. Dann lass uns keine Zeit verlieren."

Daraufhin verließen beide die Höhle und Ismack rief laut schallend durch die Berglandschaft: „Zu den Waffen, Männer, wir gehen auf Beutezug!"

Blitzschnell stand seine ganze Armee am Ufer der Insel und war abfahrbereit. Es wirkte, als hätten seine Männer nur darauf gewartet, dass er endlich den Befehl erteilt, außerdem hatten sie es ja bereits tausendfach erprobt. Ismack befahl seinen Heerführern, mit Kraimael direkt in den Kampf zu fahren und dort die Stellung zu halten. Er selbst nahm sich nur fünfundzwanzig Männer, die sonst immer die Besatzung seines Schiffes waren, und machte sich in Richtung des anderen Bergvolks auf, um Penle und seine Armee für ihre Sache zu gewinnen.

Der brennende Wind der Zerstörung

Währenddessen in Andaria.
Nachdem der Drache verschwunden war, fingen die
Völker an, den Schutt und das Geröll der abgebrannten
Burg zu beseitigen.
Es war ein entsetzlicher Anblick, denn so gut wie alles war
von der einst prachtvollen und schönen Burg zerstört,
nichts war mehr übrig geblieben.
Jan fragte seinen Magier: „Gandural, mein alter Freund,
was sollen wir tun? Was ist, wenn diese schreckliche
Bestie zurückkommt?"
„Jan, mein Freund, mach dir keine Sorgen. Ich mache mich
sofort auf den Weg und finde heraus, wie wir dieses
Monster aufhalten können. Irgendwo werde ich die
Lösung schon finden und bin dann so schnell ich kann
zurück. Verlass dich auf mich."
Jan drängte Gandural ein weiteres Mal verzweifelt: „Bitte,
Gandural, beeil dich. Die Völker haben große Angst, und
mein Volk steht hier ohne Schutz."
Gandural erwiderte beruhigend: „Ich werde bald wieder
zurückkommen. Zur Not flüchtet einfach in den Wald, der
wird euch ein wenig Sicherheit geben."
Dann verschwand der Zauberer in einem grauen Nebel, als
sei er verpufft.
Die Zurückgebliebenen waren mit den Aufräumarbeiten
bis spät in die Nacht hinein beschäftigt. Als sie gerade
fertig geworden waren, sahen sie, wie der Drache plötzlich
auf dem Meer auftauchte, dicht gefolgt von mindestens

dreißig Piratenschiffen. Ein eiskalter Schauer lief den Anwesenden den Rücken hinunter und schnell war allen klar, dass sie erneut fliehen mussten, denn gegen eine solche Macht würden sie in einem frontalen Kampf nicht ankommen. Viel zu groß war die Angst, von dem Drachen geröstet zu werden. Sie hatten gesehen, was er mit einem einzigen Feuerstoß anrichten konnte.

Jan wollte kein weiteres Leben gefährden, er wusste zu genau, wie gefährlich die Bestie sein konnte.

Er fragte die anderen Anführer: „Was sollen wir jetzt tun?"

Nuktuk, der Anführer der Waldbuckler, sagte: „Wir Waldbuckler lassen uns von diesem Tyrannen nichts gefallen, wir sind kampfbereit. Lasst uns Kraimael endgültig vernichten."

Astrala, die Feenkönigin, antwortete: „Genau, lasst uns einfach kämpfen, wir wollen unsere Freiheit nicht schon wieder einschränken. Schon damals hat Kraimael mit seiner Skelettarmee unseren Frieden und Wohlstand gestört. Die Feen sind zum Angriff bereit."

Doch Jan antwortete: „Lasst uns noch mal genau überlegen. Dort ist eine Übermacht, die uns gegenübersteht, sie haben einen Drachen, der mit Leichtigkeit und innerhalb von Sekunden die Hälfte von uns niederbrennen kann. Ein Großteil unserer Armeen ist in den jeweiligen Königreichen. Warum wollt ihr einen offenen Krieg riskieren mit einem solch hohen Risiko? Lasst uns lieber in den Wald fliehen, eine Strategie gegen sie planen und wirklich alle unsere Armeen und Kräfte vereinen, um dieses Monster aufzuhalten."

Endokan, der Anführer der Wölfe und Füchse, stimmte Jan zu: „Jan, du hast recht, auch ich möchte nicht unnötig das Leben der Wölfe sowie der Füchse gefährden. Lasst uns vernünftig sein und uns erst einmal gemeinsam besprechen. Zusammen haben wir bis jetzt immer eine Lösung gefunden."

Jan fragte: „Melodie, jetzt kommt es auf dich an."

Die Anführerin der Meerjungfrauen war ebenfalls nicht bereit, einen Krieg zum jetzigen Zeitpunkt zu riskieren, und antwortete mit einer beruhigenden Stimme: „Lasst uns abwarten und eine Strategie entwickeln, gegen dieses Drachenmonster sehe ich im Moment nur geringe Chancen."

Kaum hatten die Schiffe am Strand angelegt, rannten die Völker Andarias so schnell sie nur konnten los, um sich im Wald zu verstecken.

Kraimael feierte sich und rief seiner neuen Armee lachend zu: „Ha, seht nur, diese Feiglinge, es wird nicht lange dauern und das Land wird uns gehören. Vorwärts, Männer, lasst uns den Burgplatz einnehmen."

So rückten Kraimael und seine Männer zum Burgplatz vor, während die anderen Völker tief im Wald verschwanden. Er und seine Armee schlugen ein Lager auf, um dort auf Ismack und Penle zu warten. Sie feierten ihren ersten Sieg bei einem Lagerfeuer.

Der brennende Wind der Zerstörung

Doch im Wald begannen die Völker Andarias, ihre Strategie zu besprechen.

Melodie ergriff das Wort: „Lasst uns alle so schnell wie möglich in unsere Königreiche aufbrechen und unsere ganzen Truppen mobilisieren. Ich glaube auch, nur gemeinsam mit all unserer Stärke haben wir eine Chance, sie zu besiegen."

Melodie klang so überzeugend und nach einer kurzen Abstimmung waren sich alle einig, dass es so das Beste sei.

Jan sagte: „Ich werde zusätzlich das Orakel befragen, vielleicht weiß es auch dieses Mal Rat. Beim letzten Angriff von Kraimael wusste es auch genau, was zu tun ist. Ich schlage vor, wir treffen uns in vier Tagen wieder genau hier. Ich glaube nicht, dass sie weiter vorrücken werden, denn sonst hätten sie es schon längst getan. Sie warten bestimmt darauf, dass wir einen Fehler machen, aber diesen Gefallen werden wir ihnen nicht tun."

Alle waren einverstanden und so machten sich alle in ihre Königreiche auf, um ihre Truppen zu mobilisieren, während Jan mit ins Feenreich aufbrach, um das Orakel zu befragen, in der Hoffnung, dort eine Antwort zu finden.

Im Feenreich angekommen erzählten die Angegriffenen die Geschichte vom Drachen, wie er alles niedergebrannt hatte, wie er zurückkam und wie sie geflohen waren, um die perfekte Strategie gegen das Monster zu finden.

Das Volk der Feen war entsetzt und alle waren sofort bereit, in den Krieg zu ziehen.

Der brennende Wind der Zerstörung

In der Menge der Feen sah Jan seinen alten Freund
Fridukus. Beide rannten aufeinander zu und umarmten
sich. Viel zu lange hatten sie sich nicht mehr gesehen.
„Ach Jan, das tut mir so leid, dass du schon wieder in eine
solche Situation geraten bist."
Jan antwortete ihm mit gedrückter Stimmung: „Ja, leider,
du weißt, ich bringe ungern schlechte Kunde, aber ganz
Andaria ist mal wieder in großer Gefahr."
Fridukus antwortete hingegen: „Jan, mach dir keine
Sorgen, ich werde dir auch in dieser Schlacht mit all
meinem Wissen und Fähigkeiten zur Seite stehen, und
gemeinsam werden wir es auch diesmal schaffen, Andaria
zu retten. Es gibt eine Sache, die ich über Drachen weiß.
Mein Vater kämpfte damals einige Jahre gegen diese
Bestien und er gab mir schon als kleiner Junge Tipps, wie
man einem Drachen entkommen kann. Drachen sind
äußerst gierige Wesen, der Anblick von Gold, Silber und
Edelsteinen lähmt sie und sie können sich dann nicht mehr
richtig auf einen Kampf konzentrieren.
Wenn wir dir also eine Rüstung aus Gold, Silber und
Diamanten anfertigen, dann wird es der Drache sehr
schwer haben, dich anzugreifen, da er von dem Glitzern
und Funkeln abgelenkt sein wird.
Ich werde mich gleich auf den Weg zu unseren besten
Rüstungsschmieden machen und eine solche Rüstung für
dich in Auftrag geben."

Bevor er ging, stellte er sich vor Jan hin und fing an, mit einem Holzstab die Maße von ihm zu nehmen. Es war ein seltsamer Stab, der dem eines Wanderstocks glich. Er war aus fast weißem Feenholz und auf ihm waren mehrere kleine blaue Steine befestigt. Er stellte den Stock gegen Jan und man hörte ihn so etwas wie „zehn Stein hoch, sechs Stein breit" murmeln. Der König der Menschen war überrascht, ein solches Maßinstrument hatte er noch nie gesehen.

Dann sagte er nervös: „Fridukus, du musst dich beeilen, in vier Tagen schon treffen wir uns mit den anderen wieder im Wald, um den Kampf gegen die Bestie vorzubereiten. Bis dahin muss die Rüstung fertig sein."

„Das bekommen wir schon hin, Jan."

„Fridukus, da wäre noch etwas, ich muss zum Orakel. Wir wollen es zusätzlich befragen, vielleicht weiß es noch einen Rat."

„Jan, du kennst den Weg, ich habe Vertrauen zu dir und du musst mich nach all den Jahren bestimmt nicht mehr fragen, ob du zum Orakel darfst. Geh einfach."

Anschließend machte sich Fridukus auf den Weg zu einer der Waffenschmieden und ließ die besten Rüstungsbauer kommen.

„Freunde, wir müssen König Jan schnellstens einen Drachenharnisch aus Gold, Silber und Diamanten bauen. Hier sind die Maße: zehn Stein hoch, sechs Stein breit. Holt alles, was ihr dazu benötigt, aus unserer

Schatzkammer, und beeilt euch, die Rüstung muss in vier Tagen für die Schlacht fertig sein."

Ohne zu zögern, machten sich die Schmiedemeister auf den Weg zur Schatzkammer, nahmen einige Kisten mit Gold, Silber und Edelsteinen und machten sich sofort an die Arbeit.

Währenddessen machte sich Jan auf den Weg zum Orakel. Er ging die Treppe der schmalen Höhle hinunter und noch bevor er unten angekommen war, hörte er auch schon die Stimme der Fee:

„Die Zeiten sind mal wieder hart und König Jan ersucht mich um Rat."

Jan ging den Rest der Treppe hinunter und machte ein paar Schritte auf sie zu.

Er wollte gerade von dem großen roten Drachen erzählen, doch bevor er auch nur ein Wort aussprechen konnte, fiel sie ihm auch schon ins Wort:

„Über den Drachen würde ich mir nicht so große Sorgen machen."

Dann verdrehte sie die Augen und ihre Stimme veränderte sich zu einem tieferen Ton, so wie jedes Mal, wenn sie eine Eingebung hatte.

„Mehr von den Wilden werden kommen und über das Wasser werden sie einfallen in Andaria.

Plündern und brandschatzen in den Königreichen ist der Wille von denen, die einst aus ihrer Heimat vertrieben wurden.

Seid auf der Hut, nur durch das Locken in den Wald könnt ihr sie stoppen.

Doch das Unterfangen birgt große Gefahr und Not. Geht der Wald verloren, dann wird ganz Andaria in den Flammen der Bestie verschwinden.

Magie nur mit Bedacht, doch mit Kraft, Waffen und Fallen, Herz, Tapferkeit und Mut könnt ihr die Wilden besiegen. Setzt ihnen all das entgegen.

Lockt sie in die Fallen, lasst sie am Leben und tötet so wenige wie möglich, denn später werden sie euch folgen und ihr könnt sie gebrauchen, um in weite Ferne zu tauchen.

Doch dir, Jan, ist erst ein anderer Weg bestimmt. Mach dich auf durch den Nebelwald und finde die Rammwesen. Überzeugen musst du sie, euch zu helfen. Bleib immer auf dem Weg, Bäume und der Wind werden dich führen. Lass dich nicht ablenken und komm nicht vom Weg ab. Allein du musst gehen und einige Prüfungen überstehen. Der Wald wird versuchen, dich zu täuschen. Bleib auf dem Weg, bleib auf dem Weg … ahhhh."

Dann drehten sich die Augen des Orakels zurück und es blickte Jan mit ganz klarem Blick direkt in die Augen.

„Hab Dank, Orakel", sagte Jan mit einer entschlossenen und mutigen Stimme.

„Für dich gerne, genau diese Entschlossenheit und deinen Mut bewundere ich an dir. Doch sei auf der Hut, es wird

Der brennende Wind der Zerstörung

ein Kraftakt werden und der Nebelwald kennt keine Gnade.

Denk dran, ihr müsst den Wald mit Fallen spicken, denn sonst habt ihr kaum eine Chance.

Verlier keine Zeit."

Jan nickte dem Orakel zu und machte sich schnellen Schrittes auf den Weg aus der Höhle heraus.

Als er aus der Höhle kam, warteten bereits Astrala und Fridukus neugierig am Eingang.

Kaum hatte der König einen Fuß aus der Höhle gesetzt, fragte Fridukus: „Was hat das Orakel gesagt?"

Astrala warf dazwischen: „Fridukus, jetzt lass ihn doch erst einmal zu Atem kommen."

Doch Jan ergriff außer Puste das Wort: „Ist schon gut. Es werden noch einige Armeen mehr kommen. Wir müssen Fallen im Wald aufstellen und anschließend die Wilden in die Fallen locken, dann haben wir eine Chance. Wenn möglich, sollen wir die Wilden am Leben lassen, denn sie können uns später von großem Nutzen sein. Wir müssen die anderen schnellstens informieren, damit auch sie sich vorbereiten können, denn jedes Volk soll seine Fallen individuell stellen können."

Astrala sagte: „Wir haben Eichhörnchen-Boten, die wir schicken können. Die Windeichhörnchen sind klein und schnell und durch ihre braune, baumrindenartige Farbe sind sie im Wald kaum zu entdecken. Der einzige Nachteil ist, dass sie nicht ins Wasser können, und Melodie muss ebenfalls benachrichtigt werden. Vielleicht könntest du das ja machen, Jan."

„Ich würde es machen, Astrala, aber das Orakel hat mich auf eine besondere Mission geschickt. Ich soll durch den Nebelwald und die Rammtiere finden, um sie zu überzeugen, sich uns anzuschließen."

Fridukus und Astrala schauten verwundert. Beide hatten die Geschichten über die mutigen Rammtiere gehört, doch gesehen hatten sie noch nie welche, weshalb sie es nur für einen Legende hielten.

„Bist du sicher, dass du durch den gefährlichen Nebelwald willst, um eine Tierart zu finden, von der wir nicht einmal wissen, ob sie wirklich existiert?", fragte Fridukus.

„Ja, ich vertraue dem Orakel", antwortete Jan mit zuversichtlicher Stimme.

Astrala fragte ihn: „Wie viele meiner Soldaten soll ich dir mitgeben?"

Doch der König antwortete: „Keinen, sie werden alle hier gebraucht. Macht euch einfach bereit und wartet im Wald, bis ich zurück bin. Das Orakel hat mir gesagt, dass ich alleine gehen muss. Kümmert euch lieber darum, dass alles vorbereitet ist."

Fridukus sagte: „Nun gut, dann werde ich zu Melodie und den Meerjungfrauen gehen, denn schließlich kennt keiner von uns die Unterwasserwelt so gut wie ich."

Während Astrala die Nachrichten für die anderen Völker fertig machte, um sie den kleinen Windeichhörnchen zu

übergeben, und Fridukus sich auf den Weg ins Meer
begab, schlug Jan den Weg in den Nebelwald zu den
Rammtieren ein.

Der geheime Weg

Auch er hatte als Kind viele Geschichten über diese starken Tiere gehört und konnte sich bis eben kaum vorstellen, dass sie wirklich existieren. Doch er vertraute den Worten des Orakels, denn das war die Chance, auch dieses Volk endlich einmal kennenzulernen.

Er schloss die Augen, atmete ein paarmal tief durch und kaum hatte er Kontakt mit der Natur aufgenommen, da hörte er ein Flüstern. Überrascht bemerkte er, dass es tatsächlich die Bäume waren, die ihm nun den Weg zuflüsterten.

Mal war es ein langer Weg geradeaus, dann musste er ständig den Weg wechseln, aber mit viel Vertrauen und einer großen inneren Sicherheit folgte er stets den Anweisungen der Bäume. Er war schon eine lange Zeit unterwegs, als er plötzlich an eine Weggabelung kam.

Er sah sich um. Dort, ein Stück in den Wald hinein, saß ein kleiner schwarzer Käfer mit grünen Punkten. Er schaute sehr wehleidig in Jans Richtung, und es dauerte nicht lange, da sprach er ihn an:

„Sei gegrüßt, edler König. Bitte hilf mir. Kannst du mich bitte ins Feenreich zu meiner Familie bringen? Ich kann nicht mehr laufen, meine Beine sind kaputt. Wenn du mir hilfst, sollst du reich belohnt werden."

Der brennende Wind der Zerstörung

Doch Jan antwortete ihm: „Käfer, so leid es mir tut, aber ich kann dir nicht helfen. Ich kann nicht zurück ins Feenreich, der Weg ist weit und ich habe keine Zeit."
Der Käfer flehte ihn an: „Hast du denn kein Herz? Ich habe Kinder, die auf mich warten. Bitte hilf mir."
Jan war fast so weit, weich zu werden und den Käfer wenigstens ein kleines Stück in die Richtung des Feenreichs zu bringen. Er wollte gerade auf den Käfer zugehen, als ihm die Worte des Orakels wieder einfielen: „Bleib auf dem Weg, lass dich nicht täuschen", schwirrte es durch seine Gedanken, und auch wenn ihn der Käfer etwas traurig machte, so blieb Jan doch auf dem Weg.
Kaum hatte er begonnen, den Weg weiter fortzusetzen, da zischte es plötzlich und der kleine Käfer löste sich in Luft auf.
Ihm wurde klar, dass es sich um einen bösen Zauber des Waldes gehandelt haben musste.
Er war stolz, sich nicht hatte täuschen zu lassen, und ging munter und beharrlich weiter auf seinem Weg.
Es war bereits dunkel geworden und Jan konnte die Bäume schon nicht mehr hören, denn nachts schienen sie in eine Art Schlaf zu fallen.
Er fragte sich, wie er in dieser Dunkelheit nur den Weg finden sollte, doch es dauerte nicht lange, bis er einen Uhu hörte, der ihm mit seinen Rufen den Weg durch die Dunkelheit wies und ihn bis zu einer weiteren Kreuzung führte.

Der brennende Wind der Zerstörung

An der Kreuzung gab es eine Lichtung und Jan staunte nicht schlecht, als er dort ein Einhorn erblickte, das inmitten der Wiese stand. Es war hell vom Mond erleuchtet und sein weißes Fell schien in allen Regenbogenfarben zu glitzern.

Auch dieses schimmernde Horn faszinierte Jan und er wollte sich schon auf den Weg machen, um das Einhorn zu streicheln. Wie würde sich dieses weiche Fell nur anfühlen? Was würde passieren? Würde das Einhorn ihm vielleicht sogar seine größten Wünsche erfüllen?

Gerade war er einen Schritt auf die hell erleuchtete Wiese getreten, da entschied er sich, es doch lieber zu lassen und auf seinem Weg zu bleiben. Als er weiterging, zischte es erneut und auch das Einhorn war so schnell verschwunden, wie es aufgetaucht war.

Kaum war er einige Schritte an der Kreuzung vorbeigegangen, da trat er einer circa zwei Meter langen giftgrünen Schlange mit schwarzen Streifen auf den Schwanz. Die Schlange schaute ihn mit schmerzverzerrtem Gesicht aus ihren hellgelben Augen an.

Jan sagte: „Entschuldigung, Schlange, das wollte ich nicht. Es tut mir leid."

Doch die Schlange schaute ihm mit ihrem hypnotischen Blick tief in die Augen und sagte: „Hör mir zu, hör auf mich, hör mir zu und frei bist du."

Als er der Schlange zugehört hatte, packte ihn plötzlich ein Gefühl des Mutes und einer enormen Zuversicht. Er nahm sein Schwert fest in die Hand und machte sich sofort auf den Weg zum Drachen.

Es war ein ganzer Tagesmarsch durch den Wald, doch es schien, als würde die Zeit wie im Flug vergehen. Er war schnell und hatte eine riesige Energie.

Jan kam am Rande des Waldes an und sah Kraimael selbstsicher auf dem Drachen sitzen. Doch das störte ihn nicht. Er atmete einmal tief durch, umfasste noch einmal fest sein Schwert und rannte los in Richtung der Bestie. Er setzte zum Stoß an und rammte dem Monster das Schwert in den Bauch.

Der Drache war so überrumpelt, dass er sich nicht mehr wehren konnte und sofort zu Boden sank.

Dann hörte Jan plötzlich eine Stimme: „Pass auf." Er schaute sich um, aber er sah nur den Drachen, der regungslos am Boden lag.

Da wurde die Stimme energischer: „Pass auf, wach auf."

Es war ein Baum, der ihm zurief und ihn aus seiner Trance riss, denn die Schlange war gerade dabei, sich mit weit aufgerissenem Maul auf Jan zu stürzen, doch kurz bevor sie ihn beißen konnte, zog Jan reflexartig sein glänzendes Schwert und schlug der Schlange mit einem einzigen Hieb den Kopf ab, während der Rest des Tiers mit einem dumpfen Geräusch kopflos zu Boden fiel.

Was für ein Schock, sein Herz pochte und Jan war vor Schreck so außer Atem, dass er erst einmal einige Minuten brauchte, um wieder halbwegs klar denken zu können.

Der brennende Wind der Zerstörung

Doch der Baum flüsterte ihm mit sanfter Stimme zu: „Es ist nicht mehr weit, nur noch ein paar Meter." Jan spazierte das letzte Stück durch den Nebelwald in das Reich der Rammtiere.

Der brennende Wind der Zerstörung

Ein neues Volk

Kaum hatte er einen Schritt in das Reich gesetzt, da wurde er auch schon von zwei Wachen gestoppt. Es war so erstaunlich, wie Jan es sich einst vorgestellt hatte.
Vor ihm standen ein circa ein Meter fünfundsiebzig 1,75 großer, auf zwei Beinen stehender Ziegenbock und ein ebenso großes, aufrecht stehendes pechschwarzes Wildschwein.
„Halt, dies ist das Reich von König Basto. Wer bist du und was willst du hier?"
Jan bekam Angst, die beiden Wachen sprachen in einem aggressiven Ton, dass er wusste, sie wären auf jeden Fall zum Angriff bereit. Nur ein falsches Wort und er würde hier nicht mehr herauskommen.
Ängstlich und mit Bedacht sagte Jan: „Ich komme mit friedlichen Absichten. Ich bin König Jan aus der Menschenwelt und ich möchte gerne mit eurem König sprechen."
Erst hörte Jan ein leises Getuschel unter den beiden, dann bekam er den Befehl: „Leg dein Schwert hier nieder und folge uns. Wir wissen nicht, ob der König dich empfangen wird, aber wir werden für dich fragen."
Jan legte sein Schwert nieder, das Wildschwein hob es auf und anschließend folgte er den Wachen durch den Nebelwald ins Reich der Rammtiere.

Der brennende Wind der Zerstörung

Er traute seinen Augen kaum. Überall in diesem Wald standen Holzhütten, die denen der Menschen sehr ähnlich sahen. Die Kinder der Rammtiere spielten friedlich auf den Wiesen und es war fast so, als wäre er in seinem eigenen Königreich. Verblüfft schaute er sich weiter um, bis die Ziegenbock-Wache rief: „Halt, du wartest hier. Ich werde dich ankündigen." Jan fühlte sich unwohl, denn das Wildschwein beobachtete ihn und jeden seiner Schritte, bereit, ihn anzugreifen, falls es sein müsste.

Er wartete nicht lange und der Ziegenbock kam zurück: „Okay, König Jan, Basto, unser Anführer, empfängt dich jetzt."

Sie gingen auf eine etwas größere Hütte zu, die circa achtmal so groß war wie die Hütten auf den anderen Wegen. Vor ihr befand sich ein kleiner Teich und vor der Eingangstür befanden sich vier weitere Wachen, die den Eingang zur Hütte beschützten.

Kaum hatte Jan einen Fuß in die Hütte gesetzt, da sah er ihn: einen über zwei Meter großen Ziegenbock mit einem langen grauen Vollbart, der auf einem Thron aus Holz saß. Er hatte eine Holzkrone gespickt mit Bernsteinen auf seinem Kopf und sprach mit tiefer, dunkler Stimme: „Tritt herein, König Jan. Was willst du hier?"

„Hört mich an, Eure Hoheit, wir, die anderen Völker Andarias, brauchen Eure Hilfe."

Jan hatte noch gar nicht richtig zu Ende gesprochen, da fing der König auch schon überheblich an zu lachen: „Ihr, die Menschenwelt und die anderen, wollt unsere Hilfe? Warum sollte ich euch unterstützen?"

„Bei allem Respekt, Eure Hoheit, wir wurden angegriffen und was glaubt Ihr, wen unser Feind als Nächstes in die Schlacht zwingt. Er ist ein Eroberer und macht nicht halt, bis er ganz Andaria eingenommen hat. Seine magischen Fähigkeiten sind enorm und zudem hat er einen riesigen Drachen, der bei ihm ist und ihn bei seinen Schlachten unterstützt.

Er hat schon damals ein ganzes Volk versklavt und beinahe ganz Andaria eingenommen. Wir haben ihn damals aufgehalten und Euch somit auch gerettet. Ihr könnt wegsehen und uns im Stich lassen, aber nach uns wird er zu Euch kommen und dann so stark sein, dass er kaum noch aufzuhalten ist."

Basto stand von seinem Thron auf.

„Nun gut, König Jan, ihr habt mich überzeugt, aber ich weiß nicht, ob ihr den Rest meines Volkes auch überzeugt. Unser Rat wird darüber debattieren und anschließend eine Entscheidung treffen."

„Danke, König Basto."

„Du brauchst mir nicht zu danken, ich kann nicht garantieren, dass mein Volk einem Krieg zustimmen wird. Bitte verlass nun den Thronsaal und warte draußen. Ich werde euch rufen lassen, sobald eine Entscheidung gefallen ist."

Der brennende Wind der Zerstörung

Jan verließ den Thronsaal und wartete auf die Abstimmung. Es kam ihm wie eine Ewigkeit des Unwissens vor. Was sollte er nur tun, wenn die Rammwesen ablehnen würden? Hiervon hatte das Orakel nichts gesagt und die Angst und Unsicherheit durchzog seinen ganzen Körper.

Sollte Andaria nun wirklich für immer verloren sein und in die Hände des schwarzen Magiers Kraimael gelangen? Nach einigen Stunden öffnete sich die Tür des Saals und Jan wurde hineingebeten. Die Anspannung in seinem verzerrten Gesicht war kaum zu übersehen.

Basto, der zwei Meter große muskulöse Anführer, stand nun direkt vor ihm. In seiner Hand hielt er einen riesigen silbernen Kriegshammer und sein Körper war von einer Lederrüstung bedeckt.

Jans Gesichtsausdruck beruhigte sich, denn er wusste ganz genau, was dies zu bedeuten hatte.

Basto sprach: „Du hast uns überzeugt, die Wildschweine und wir werden gemeinsam mit euch in den Krieg ziehen."

Während Jan wartete, machte Basto all seine Truppen kampfbereit. Anschließend brach er mit seinem Heer und Jan zu dem Wald vor der Burg auf.

Der brennende Wind der Zerstörung

Währenddessen tat sich etwas in der Unterwasserwelt Andarias.

Fridukus hatte sich auf den Weg zu den Meerjungfrauen gemacht. Er nahm den schnellsten Weg, was er sonst niemals tat, denn viel zu sehr liebte er den Anblick der Unterwasserwelt. Die schönen grünen Pflanzen, die sich in den Wellen hin und her bewegten, aber auch die wunderschönen regenbogenfarbigen Fische, die im Wasser schimmerten. Doch diesmal konnte er deren Schönheit nicht genießen, er musste so schnell es ging zu Melodie. So kam es, dass er nicht einmal ein einziges Wesen wahrnahm, sein Tunnelblick war wie versteinert, auch den prachtvollen Palast von Melodie konnte er nicht aus der Ferne wahrnehmen. Er bemerkte lediglich, als er endlich angekommen war.

Fridukus stand in Melodies Schloss und erzählte ihr, was vorgefallen war.

„Melodie, ich glaube, wir haben eine gute Lösung gefunden. Das Orakel hat Jan gesagt, wir sollen uns gemeinsam mit allen Völkern im Wald vor der Schlossruine treffen. Wir sollen gemeinsam Fallen aufstellen und die Wilden in diese Fallen locken, und wir sollen darauf achten, dass wir das Leben der Wilden verschonen. Zudem hat sich Jan auf den Weg gemacht, das Volk der Rammtiere aufzusuchen und um zusätzliche Unterstützung zu bitten.

Der brennende Wind der Zerstörung

Wenn wir uns an diesen Plan halten, dann haben wir gute Chancen, diesen Kampf zu gewinnen."

Melodie stand die Erleichterung ins Gesicht geschrieben: „Mein lieber Fridukus, weißt du, seit dem Angriff habe ich mir die ganze Zeit den Kopf darüber zerbrochen, wie wir die Wilden aufhalten könnten und wie wir die Schlacht gewinnen sollten. Mir ist trotz reichlicher Überlegung überhaupt nichts eingefallen, dein Besuch ist gerade wie ein Segen für mich. Vielleicht können wir so Andaria ein weiteres Mal gemeinsam retten."

„Bestimmt, Melodie, mit dieser Strategie haben wir wirklich gute Chancen. Bereite deine Truppen vor, ich muss mich so schnell wie möglich auf den Weg zurück ins Feenreich machen, dort wartet noch einiges an Arbeit auf mich."

„Fridukus, mein Freund, hier nimm meine zwei Königsdelfine. Sie sind mit Abstand die schnellsten Schwimmer und werden dich schnell und sicher nach Hause begleiten."

Fridukus trat vor und betrachtete die Delfine, die fast wie gewöhnliche Delfine aussahen. Ihr Rücken war schwarz und ihr Bauch war grau. Allerdings hatten diese beiden Exemplare eine leichte farbliche Abstufung an ihrem Kopf, die der einer Krone glich, weshalb man sie Königsdelfine nannte.

Er streichelte beide und ihre Haut war unerwartet weich. Während er ihnen über den Rücken fuhr, um sich mit ihnen anzufreunden, machten beide ein quiekendes Geräusch der Freude.

„Nun los, hab keine Angst und pack ihre Flossen." Fridukus packte die Schwanzflossen der beiden Delfine und schon verschwanden sie mit einer enormen Geschwindigkeit Richtung Feenreich.

Melodie hingegen ließ ihre Truppen versammeln. Zudem gab sie den Befehl, einige Tausend Liter Wasser mitzunehmen, hiermit könnten sie den Waldboden in eine Sumpflandschaft verwandeln.

Sie zog ihre Rüstung an und nahm ihren goldenen Dreizack, dann ließ sie ihre Riesenseepferdchen bereit machen, denn auch sie wollte so schnell wie möglich in den Wald und kampfbereit sein.

Sie nahm neben ihren Meerjungfrauen und Meermännern auch Unterwasserwesen mit in die Schlacht. Rote Riesenkraken begleiteten sie, überaus intelligente und kraftvolle Wesen, die so klug sind, dass sie alles, was sie einmal gelernt haben, für immer behalten können. Sie sind in der Lage, sich jedes Gesicht, ob Mensch oder Tier, zu merken, das ihnen jemals begegnet ist. Durch ihre spezielle Haut, die die Farbe wechseln kann, sind sie in der Lage, sich überall zu tarnen. Ihre acht Tentakelarme sind so stark, dass sie an jedem von ihnen ein ausgewachsenes Pferd halten können, ohne ins Schwanken zu geraten. An Land sieht man sie so gut wie nie, da ihnen die

Der brennende Wind der Zerstörung

Fortbewegung dort sehr schwerfällt und sie eher friedlich sind und ihre Ruhe haben wollen.

Auch die schwarzen Meereskrokodile kamen mit. Diese pechschwarzen Unterwasser-Dinosaurier sind in der Lage, riesige Lasten zu tragen. Zudem sind sie sehr kampferfahren, ihre gut gepanzerte Haut gleicht der eines Drachen und schützt sie vor einer Vielzahl von Angriffen. Ihr riesiger Kiefer, der mit großen scharfen Zähnen gespickt ist, lässt die meisten Gegner schon bevor der Kampf losgeht vor Angst erzittern.

Auch Schildkröten und Wasserexen nahm Melodie mit sowie alle weiteren Unterwasserwesen, die irgendwie in der Lage waren, an Land zu kämpfen oder beim Transport des Wassers helfen konnten.

Als Fridukus endlich in der Nähe des Festlandes war, bedankte er sich bei den Königsdelfinen und verabschiedete sich. Die Delfine quiekten wieder nur und verschwanden im Meer.

Als er dann zurück ins Feenreich kam, war dieses so gut wie leer.

Fridukus bekam Angst. Sollten die Wilden bereits das Feenreich angegriffen und besiegt haben?

Er war verzweifelt und gerade als ihn die Panik packte und er ausrasten wollte, sah er den obersten Feenschmied. Ein kurzer Moment der Erleichterung überkam ihn und er fragte den Schmied: „Wo sind denn die anderen alle?"

Der brennende Wind der Zerstörung

„Sie sind bereits zur Schlacht aufgebrochen. Nur ich habe hier auf dich gewartet. Komm mit, Fridukus, ich muss dir etwas zeigen."

Erstaunt fragte er: „Was denn zeigen?" Beinahe hätte er vergessen, dass er den Schmieden den Auftrag für eine Rüstung gegeben hatte.

Beide gingen einige Schritte, bis sie in der Schmiede des Meisters angelangt waren. Hinten in der Ecke stand etwas, das von einem braunen Tuch bedeckt war.

„Bist du bereit?"

„Ich kann es kaum erwarten."

Der Schmied zählte: „Eins, zwei und drei." Dann zog er das Tuch weg und da stand sie, eine meisterhafte Schmiedekunst, wie sie Fridukus in all den Jahren noch nie gesehen hatte:

eine goldene, glänzende und polierte Rüstung. Dieser Harnisch erleuchtete den ganzen Raum. Er war voll gespickt mit Edelsteinen, Smaragden, Rubinen und Diamanten, die in allen erdenklichen Farben schimmerten. Sie waren in der Mitte der Rüstung angeordnet wie ein Regenbogen und wenn man sie ansah, hatte man das Gefühl, dass der Träger dieser Rüstung wohl unbesiegbar sei.

Nebendran lag zudem ein Schwert, dessen Klinge aus Silber geschmiedet war und dessen Griff ebenfalls mit Steinen bestückt funkelte.

Der brennende Wind der Zerstörung

Das silberne mit Diamanten besetzte Rundschild rundete diese Ausrüstung ab. Es war so angeordnet, dass man seine Gegner bei Sonnenschein leicht mit dem auftreffenden Sonnenlicht blenden konnte.

Nach einem kurzen Moment der Stille und des Bewunderns nahmen die zwei die Ausrüstung und machten sich ebenfalls auf den Weg in den Wald.

Dort angekommen warteten bereits alle anderen Völker auf sie, nur von Jan gab es keine Spur.

Gerade als Fridukus in die Runde fragen wollte, ob vielleicht irgendjemand etwas von ihm wisse, da kam Jan auch schon mit seiner großen Armee von riesigen Ziegenböcken und Wildschweinen um die Ecke.

Nur einer fehlte immer noch. Es war Gandural, von ihm fehlte weiterhin jede Spur. Keiner hatte ihn in der Zwischenzeit gesehen oder auch nur etwas von ihm gehört.

Langsam begann unter einigen Anwesenden das Getuschel, ob Gandural sich vielleicht aus dem Staub gemacht und sie im Stich gelassen hatte.

Doch Jan sagte: „Völker von Andaria, beruhigt euch. Ich vertraue Gandural, er hat uns noch nie im Stich gelassen und wird es auch diesmal nicht tun. Er sucht wahrscheinlich immer noch nach einer guten Lösung und wird schon bald wieder hier auftauchen.

Der brennende Wind der Zerstörung

Es ist wichtig, dass wir jetzt einen klaren Kopf behalten und geschlossen zusammenhalten, um diesen Kampf für uns zu entscheiden. Gemeinsam für Andaria!"

Alle Anwesenden jubelten ihm zu.

Fridukus sagte zu Jan: „Jan, mein Freund, wir haben dir etwas für die Schlacht vorbereitet, schau dort drüben neben dem Schmied."

Jan warf einen Blick rüber, sah aber nur das braune Abdecktuch.

Dann zog der Schmied langsam das Tuch weg und als die glitzernde goldene Rüstung hell im Wald schimmerte, da war es so, als würde sie Mut, Hoffnung und Zuversicht vermitteln.

Nie hatte einer der Anwesenden auch nur ansatzweise eine vergleichbar schöne Schmiedekunst gesehen.

Jan verlor keine Zeit und zog den Harnisch sofort an. Er passte ihm so perfekt, als sei er ihm direkt auf den Leib geschmiedet worden, was er ja dank des neuen Maßinstruments in gewisser Weise auch war. Es war klar, dass alle Völker Andarias dem Träger dieser Rüstung überall hin folgen würden. Die Rüstung gab dem jungen König Mut und er fühlte sich als Anführer der ganzen Gemeinschaft. Fridukus reichte ihm zudem das Schwert und den Schild.

Dann schickte Jan die Wölfe und Füchse los, um Kraimael auszuspionieren.

Der brennende Wind der Zerstörung

Sie waren die perfekten Späher, denn sie waren schnell und konnten sehr weit sehen. Zudem waren sie klug genug, um sich zu verstecken und nicht gesehen zu werden.

Die Waldbuckler und Gnome ließ er metertiefe Graben ausheben, um Fallgruben zu bauen.

Nuktuk und seine Leute begannen sofort mit der Arbeit. Sie gruben die Erdlöcher mit einer wahnsinnigen Geschwindigkeit so tief, dass man nur noch mit einem Seil oder einer Leiter und mit fremder Hilfe wieder herausklettern konnte.

Nun waren die Feen an der Reihe, denn sie wussten am besten über die Pflanzen und die Wälder Bescheid. Als Erstes tarnten sie die Löcher mit Ästen und Pflanzen, so dass sie nicht mehr zu sehen waren. Anschließend verteilten sie im Wald Ohnmachtskraut. Die sehr schön anzusehende Pflanze mit rosa Blüten lähmte jeden, der sie auch nur ein wenig berührte, für mehrere Stunden, wenn er nicht das entsprechende Gegengift genommen hatte. Diesen hellblauen Trank hatten die Feen in großen Mengen bei sich und verteilten ihn an alle anwesenden Völker.

Melodie und ihre Unterwasserwesen verwandelten einen großen Platz des Waldes in eine riesige Sumpflandschaft, in der jeder sofort versinken würde, der in dieses Gebiet hineinläuft.

Der brennende Wind der Zerstörung

Den Ziegenböcken und den Wildschweinen gab Jan einen geheimen Auftrag und sie versteckten sich anschließend im Wald.

Die grosse Schlacht

Als sie alles so weit erledigt hatten, tat sich etwas auf der anderen Seite. Am Wasser ankerten einige Schiffe mit weiteren Armeen, die von Ismak und Penlo angeführt wurden.

Kaum hatten sie den Weg zur Burgruine zurückgelegt, da rief ihnen Kraimael auch schon entgegen: „Wieso hat das so lange gedauert? Wir hätten das Land schon längst einnehmen können. Diese widerlichen Feiglinge sind wie ängstliche Hasen alle sofort in die Wälder geflohen."

Dabei saß er grinsend auf seinem fauchenden Drachen.

Ismak antwortete ihm beruhigend mit seiner dunklen Stimme: „Kraimael, das Meer lässt sich nicht beeinflussen, wir hatten unterwegs einige Probleme, aber das Wichtigste ist doch wohl, dass wir jetzt endlich hier sind, oder nicht?"

Kraimael entgegnete deutlich gelassener als eben: „Ja, Ismak, du hast recht, kommt erst einmal an und formiert euch, dann werden wir diese bösen Völker schon besiegen."

So bereiteten sich Kraimaels weitere Armeen auf den Kampf vor, um nun endlich Andaria einzunehmen.

Die große Siegessicherheit stand den drei Anführern ins Gesicht geschrieben.

Der brennende Wind der Zerstörung

Sie lachten und machten sich lustig über Andaria und seine Völker. Wie leicht es doch alles werden würde.
Die Wölfe und Füchse, die alles aus sicherer Entfernung mitbekommen hatten, liefen unbemerkt und so schnell sie konnten zurück in den Wald, um Jan und den anderen alles zu berichten, was sie in Erfahrung bringen konnten. Als die Wölfe ihren Bericht geendet hatten, dauerte es nur einen kleinen Moment, da fiel Jan ein super Plan ein.
Er sagte zu Endokan: „Ich habe eine gute Idee. Ihr Wölfe müsst raus aus dem Wald laufen und ein paar der Wilden anlocken. Ihr müsst sie dazu bringen, euch zu verfolgen, und sobald sie hinter euch her sind, müsst ihr zurück in den Wald laufen und sie in die Fallen locken. Währenddessen müssen eure Füchse sie weiter ausspionieren und mir sofort berichten, falls sich etwas Außergewöhnliches verändert."
Endokan fand die Idee super und willigte in den Plan ein. Er nahm zweihundert seiner Wölfe und trat mit ihnen direkt vor Kraimaels Armee aus dem Wald heraus.
Penlo blickte erstaunt Richtung Wald, zeigte mit dem Finger auf die Wölfe und sagte: „Kraimael, sieh da."
„Oh nein, ein paar Wölfe", lachte Kraimael ironisch. „Die anderen haben bestimmt schon längst aufgegeben. Penlo, schick einen Teil deiner Truppen, dieser Krieg wird schnell beendet sein."
Penlo befahl einem Teil seiner Armee: „Ihr dort, schnappt sie euch!" Die Soldaten freuten sich und rannten sofort

mit Gebrüll los. Es war eine Übermacht an Soldaten, die sich nun auf den Weg machte, um die zweihundert Wölfe fertigzumachen. Doch die Wölfe flüchteten dicht gefolgt von der Armee in den Wald. Im Wald lockten sie die Männer in die Sumpflandschaft, wo einer nach dem anderen bis zum Hals versank. Die Wilden versuchten alles, um sich aus dem Schlamm zu befreien, doch ohne Hilfe würden sie es wohl niemals mehr dort herausschaffen.

Kraimael wurde erst ungeduldig und dann zornig: „Was dauert das so lange?"

Kaum hatte er es ausgesprochen, standen erneut wie von Zauberhand Endokan und zweihundert seiner Wölfe vor ihm am Waldesrand.

Kraimael wurde kreideweiß im Gesicht: „Wie kann das sein? Penlo, was hast du da für Pfeifen losgeschickt? Schick erneut welche, aber diesmal gute Leute, ich möchte, dass das hier so schnell wie möglich vorbei ist."

Wieder gab Penlo den Befehl: „Ihr da, los, schnappt sie euch und lasst keine Gnade walten."

Wieder liefen die Wölfe dicht gefolgt von einer Übermacht an Soldaten tief in den Wald hinein.

Sie liefen bis zu den Fallgruben. Die Wölfe wussten, wie sie diese umlaufen oder überspringen konnten, doch die Armee lief immer weiter. Dann plötzlich knackte es, als die Äste unter ihnen brachen, und einer nach dem anderen fiel tief in die Erdlöcher hinein.

Der brennende Wind der Zerstörung

Kein Einziger von ihnen konnte sich retten, und keiner hatte auch nur ansatzweise die Chance, sich aus dem tiefen Loch zu befreien.

Kraimael war verwundert und blickte nervös in Richtung des Waldes: „Wieso kommen sie nicht zurück? Was ist dort los?"

Es dauerte nicht lange, da sagte Ismack: „Seht, da drüben, die Wölfe sind zurück, das ist Hexerei."

Kraimael entgegnete ihm wütend: „Das ist doch keine Hexerei. Die Männer von Penlo sind einfach unfähig, wahrscheinlich haben sie sich im Wald verlaufen. Ismack, schick weitere."

„Aber Kraimael, hältst du das wirklich für eine gute Idee?"

„Ismack, willst du diesen Krieg gewinnen und ein tolles Stück Land für dich und deine Männer? Dann schick jetzt sofort weitere Truppen los."

Ismack wollte auf Nummer sicher gehen und schickte nun sogar noch mehr Männer los, um dem Ganzen endlich ein Ende zu bereiten.

Dieses Mal liefen die Wölfe in Richtung Ohnmachtskraut, und kaum hatten die Männer die lähmenden Pflanzen auch nur berührt, da fielen sie auch schon kurze Zeit später regungslos zu Boden. Keiner von ihnen konnte sich mehr rühren.

Die Völker Andarias freuten sich über ihre ersten Triumphe, aber die Fallen dienten bis jetzt, wenn überhaupt, lediglich dazu, ein bisschen das Gleichgewicht herzustellen. Natürlich war es gut für die Moral und die Völker schöpfen großen Mut und Zuversicht aus ihren ersten Erfolgen, dennoch wussten sie, dass sie immer noch einer großen Armee und einem Drachen gegenüberstanden.

Verunsichert sprachen Fridukus und die anderen Anführer Jan an: „Jan, was sollen wir nun tun? Wir haben keine Fallen mehr und es ist immer noch eine größere Armee."

Doch Jan antwortete gelassen: „Macht euch erst mal keine Sorgen, meine Freunde. Wir haben ihnen Angst gemacht, denn sie wissen nicht, wie die Wölfe es immer wieder schaffen konnten, den Soldaten zu entkommen. Außerdem, eine Falle habe ich noch und danach werden wir weitersehen.

Seht ihr da oben die Schlucht? Sie ist spitzförmig angelegt. Von der Spitze und dem gesamten Rand auf der Seite kann man ins Meer stürzen. Endokan, könnt ihr noch? Ihr müsst sie bis zur Spitze hochlocken. Habt keine Angst."

Endokan und seine Wölfe machten sich erneut auf den Weg.

Kaum kamen die Wölfe aus dem Wald hervor, da schrie Kraimael laut: „Langsam wird es echt lästig, schickt doppelt so viele Männer. Es muss doch möglich sein, die paar Wölfe dort aufzuhalten."

Diesmal schickten Ismack und Penlo gemeinsam Armeen los, es waren sogar mehr als doppelt so viele.

„Los, ergreift sie."

Der brennende Wind der Zerstörung

Die Wölfe liefen in Richtung der Schlucht, dicht gefolgt von den Armeen. Als die Armeen immer dichter kamen, da liefen die Wölfe hinauf bis zu der engen Spitze des Abgrundes. Sie standen ganz eng beieinander, als sie den Anführer der Verfolger rufen hörten: „Hinterher, wir haben sie, dort oben stecken sie in der Falle."

Die Armee kam immer näher und näher und nun bekamen Endokan und seine Wölfe doch erheblich Angst. Sie saßen in der Falle, der einzige Ausweg wäre über die Klippen gewesen. Doch dann hörte man etwas im Gebüsch. Erst war es nur ein leises Rascheln, doch dann wurde es immer lauter. Auf einmal hörte man ein lautes Geschrei: „Los, für den Nebelwald."

Die Erde fing an zu beben, es war, als würde ein Vulkan ausbrechen, als Hunderte von Ziegenböcken und Wildschweinen, angeführt von Basto, in Richtung der Wilden liefen.

Die Männer waren vor Angst wie versteinert und blieben fast regungslos stehen, als sie von den Rammtieren mit voller Wucht die Klippen hinunter ins Meer gedrückt wurden.

Im Anschluss versammelten sich alle Armeen Andarias erneut im Wald.

Sie wollten gerade ihren nächsten Triumph feiern, als ein alter Freund bei ihnen eintraf.

Es war Gandural, der ganz plötzlich aus einer Ecke des Waldes auftauchte und vor der Gemeinschaft stand. „Jan, es tut mir leid, dass es so lange gedauert hat, aber ich weiß nun endlich, wie wir den Drachen aufhalten können. Ich habe ewig viel gelesen und wollte schon aufgeben, als ich dann doch in einer sehr alten Schriftrolle auf die Lösung stieß.

Ich sehe, ihr habt euch vorbereitet mit dieser goldenen Rüstung, denn ich habe herausgefunden, dass man den Drachen nur durch Ablenkung besiegen kann. Gold, Diamanten und Silber sind gut, um seine Augen zu verwirren, aber das reicht noch nicht. Wir brauchen ein paar mutige Krieger, die nichts weiter tun, als der Bestie Steine genau auf die Ohren zu werfen. Das schmerzt denn Drachen und er wird seinen Kopf heben und schütteln. Sobald er dadurch abgelenkt ist, musst du unter ihn laufen und dein Schwert genau in den kleinen weißen Punkt unter seinem Hals rammen.

Ich kann euch hier mit Zauberei leider nicht weiterhelfen, denn jeder Zauber, den man in der Nähe eines Zauberdrachens ausspricht oder auf ihn schleudert, kommt auf einen selbst mit Wucht zurück. Das ist auch der Grund, warum Kraimael nicht zaubert, denn er weiß, mit jedem Zauber würde er nur sich selbst schaden.

Wir müssen zunächst die Armeen vom Drachen weglocken, so dass du dich ihm gegenüberstellen kannst. Zudem brauchen wir noch zwei weitere Steinwerfer, die zielsicher sind und das Monster mit mir gemeinsam ablenken."

Der brennende Wind der Zerstörung

Jan fragte seinen alten Freund: „Fridukus, wie sieht es aus? Kannst du gut werfen?"

„Na klar, und ich werde mit euch kommen", gab dieser zur Antwort.

Dann überlegte Jan einen Moment, schaute in die Runde, bis sein Blick auf Basto traf: „Basto, wie sieht es bei dir aus? Würdest du uns die Ehre erweisen?"

Basto nickte ihm zustimmend zu, und so war es beschlossen:

Gandural, Fridukus, Basto und Jan würden sich auf den Weg zum Drachen machen, um ihn zu besiegen.

Aber zusätzlich mussten sie die Armeen von dem Drachen weglocken.

Jan wandte sich an Endokan: „Mein alter Freund, du bist weise und erfahren, du musst das Kommando für mich übernehmen. Wir werden uns zum Drachen vorschleichen und sobald wir in der Nähe sind, musst du die Armeen mit deinen ganzen Wölfen und Füchsen in den Wald locken. Die meisten der Fallen hier funktionieren ja noch und werden sie in Schach halten. Den anderen müssen alle Völker Andarias geschlossen entgegentreten und sie besiegen oder zum Aufgeben bewegen.

Sobald wir den Drachen besiegt haben, wird ihre Motivation sowieso ins Bodenlose fallen, und ohne einen Hauptanführer sind sie wahrscheinlich ohnehin orientierungslos."

Der brennende Wind der Zerstörung

Endokan nickte kurz und rief dann die anderen Anführer zusammen: „Macht euch kampfbereit, gleich geht es los."
Die vier machten sich auf den Weg und schlichen sich so nah wie möglich an Kraimael heran. Als Endokan sah, dass sie nah genug dran waren, schickte er Füchse und Wölfe zum Waldesrand.
Nun standen Kraimael und seinen Wilden Tausende Gegner gegenüber.
Kraimael schrie energisch und siegessicher: „So, nun reicht es, das müssen die letzten Reste ihrer Armee sein. Zum Angriff, schickt alles, was ihr habt."
Penlo fragte verunsichert: „Kraimael, bist du sicher?"
„Sieh dir unsere Übermacht an, diesmal werden wir sie vernichten und ich werde auf meinem Drachen mitfliegen, um ganz sicherzugehen."
Ismack rief: „Los, alle Truppen zum Angriff." Der Boden bebte, als würde es jeden Moment ein Erdbeben geben, während sich die gesamte Armee der Wilden auf den Weg machte und zum Wald marschierte. Kaum kamen sie in die Nähe des Waldes, da liefen Endokans Truppen erneut in den Wald hinein, dicht gefolgt von den Wilden und ihren Anführern.
Kraimael sagte: „Dieses Mal nicht, ich werde den gesamten Wald abbrennen, keiner von diesen verdammten Andariern wird überleben."
Kaum hatte er es ausgesprochen, stand wie aus dem Nichts Jan vor ihm: „Halt, Kraimael, erst einmal musst du an mir vorbei."

Der brennende Wind der Zerstörung

Kraimael lachte: „Oh Jan, das lässt sich einrichten. Der Wald kann warten und es wird mir eine riesige Freude sein, mit anzusehen, wie mein Drache dich verbrennt. Auch deine goldene Rüstung wir dir nichts nützen."
Währenddessen kämpften die anderen gegen die Armee von Wilden.
Erneut blieben einige der Soldaten im Sumpf stecken, ein anderer Teil fiel in die noch übrig gebliebenen Fallgruben und einigen wurde das Ohnmachtskraut zum Verhängnis.
Trotzdem stand den Andariern eine Vielzahl von Angreifern gegenüber.
Doch die Völker wussten sich zu wehren.
Die Waldbuckler und Gnome fällten Bäume, so dass diese genau auf ihre Gegner fielen, die daraufhin bewegungsunfähig unter ihnen am Boden lagen.
Die Riesenkraken, angeführt von Melodie, nahmen mit ihren großen Tentakeln gleich acht Stück der gegnerischen Armeen. Sie hielten sie fest und warfen sie anschließend in die Fallgruben zu den anderen, die bereits dort hineingestürzt waren.
Alle kämpften gemeinsam und hielten geschlossen zusammen.
Es schien sehr gut für Andaria zu laufen, doch bei Jan und der Bestie sah es anders aus.
Der Drache war zwar leicht geblendet von Jans Rüstung, aber dennoch in der Lage, ihn mit Feuerstößen zu attackieren.

Der brennende Wind der Zerstörung

Der König versuchte zu flüchten und rannte von einem Burgmauerrest zum anderen, um sich vor dem heißen Atem der Bestie in Sicherheit zu bringen. Dann duckte er sich hinter einen der riesigen Steine, um in Deckung zu gehen, während der Drache eine gewaltige Feuerwalze in seine Richtung versprühte.

Das Feuer war so heiß, dass ihm der Schweiß in Bächen über die Stirn lief und zu Boden tropfe.

Jan war am Ende seiner Kräfte. Er saß nun mit dem Rücken angelehnt hinter dem Felsen und hoffte, dass er nicht verbrennen würde.

Die anderen warfen Steine, doch das Monster bewegte sich zu viel, so dass alle Steine einfach an dem Drachen abprallten. Aufgrund der vielen Bewegungen war es so gut wie unmöglich, auch nur einen Stein gezielt gegen die Ohren des Drachen zu werfen.

Jetzt versuchten sie einfach, so viele Steine wie möglich in Richtung der Bestie zu schleudern, doch auch hier prallten alle ab. Sie waren ratlos und entmutigt.

Sie wollten schon aufgeben und den Rückzug antreten, als Gandural einen letzten Stein warf, der genau in die Richtung des Drachenohrs flog. Alle schauten dem Stein nach, es war fast so, als würde er in Zeitlupe dem Monster entgegenfliegen. Doch kurz bevor der Stein das Ohr erwischte, machte der Drache einen Schritt zur Seite und der Stein flog vorbei.

Der brennende Wind der Zerstörung

Enttäuscht schaute die Gruppe dem Stein hinterher. Sie wollten sich schon umdrehen, als dieser gegen eine Kante der Burgruine flog und durch den Aufprall nach oben geschleudert wurde.

Er flog ziemlich hoch und sie schauten ihm erstaunt nach, bis er dann wieder herunterkam und genau auf das rechte Ohr des Drachen fiel.

Dieser ließ vor Schmerzen einen Schrei los. Er schüttelte sich, wackelte und riss den Kopf nach oben. Dies war der Moment, auf den Jan gewartet hatte. Er nahm seine letzte Kraft zusammen, kam aus seinem Versteck hervor und rannte so schnell er nur konnte auf den Drachen zu.

Er hielt sein Schwert fest in seiner Hand und rammte es mit Wucht in die weiße Stelle des Halses. Der Drache fing sofort an, laut aufzuschreien, sein ganzer Körper wackelte, während er seufzte und fauchte. Dann verpuffte er und ein regenbogenfarbener glitzernder Staub flog durch die Luft. Überall dort, wo der Staub sich absetzte, ob auf der Wiese, dem Moos oder dem Ackerland, erblühten sofort die schönsten und buntesten Pflanzen, die man sich nur vorstellen konnte.

Kraimael hingegen stürzte mit großer Wucht zu Boden und die anderen drei nahmen ihn sofort fest. Kraimael wehrte sich: „Lasst mich sofort los!", schrie er wütend. Er zappelte und versuchte alles, um sich zu befreien, doch sie hatten ihn so gut im Griff, dass er keine Chance hatte.

Der brennende Wind der Zerstörung

Ismack, Penlo und ihre Soldaten hatten das Geschrei des Drachen gehört und ihnen war klar, dass es jetzt an der Zeit war aufzugeben.

Sie riefen laut „Rückzug, Rückzug" und rannten, gefolgt von allen Soldaten, die noch übrig waren, aus dem Wald, bis sie plötzlich genau vor Jan und den anderen drei standen, die den gefangenen Kraimael mit sich führten. Jan hob die Hand und rief ihnen zu: „Halt, bleibt stehen."

Ismack und Penlo schauten in alle Richtungen, doch es gab keine Möglichkeit, von dort zu fliehen. Ängstlich blickten sie Jan an, doch er entgegnete ihnen ruhig: „Ihr habt nichts zu befürchten."

Das klang für die beiden so unwirklich, dass sie es kaum glauben konnten und Jan verwirrt anstarrten.

Doch er sprach weiter: „Ich weiß, ihr seid getäuscht worden, auch wir wurden einst von Kraimael getäuscht. Daher weiß ich, dass eure Absichten nicht böse waren."

Nun waren die restlichen Wilden auch in der Burgruine eingetroffen. Sie wollten gerade die Waffen gegen Jan und die drei anderen erheben, als Ismack zu ihnen sprach: „Haltet ein, legt die Waffen nieder. Wir haben sowieso verloren." Dann richtete er das Wort an Kraimael und fragte: „Kraimael, ist das wahr?" Doch Kraimael schwieg. Fridukus nahm ein Messer und hielt es ihm an den Hals. Kraimael schwieg weiterhin, bis Fridukus ihm mit ernster Stimme drohte: „Nun sag ihnen endlich, was wirklich passiert ist, dann lassen wir dir dein jämmerliches Leben."

Der brennende Wind der Zerstörung

Kraimael sagte verängstigt: „Ja."
„Ja was?", fragte Fridukus.
„Ja, es stimmt, seid ihr nun zufrieden?", antwortete er.
Die drei führten ihn ab, als Ismak erneut das Wort an ihn
richtete: „Aber Kraimael, wieso?"
Doch der böse Zauberer gab ihm keine Antwort und ließ
sich einfach abführen.
Ismack entschuldigte sich: „Es tut mir leid, aber wir haben
uns manipulieren und für seine Zwecke missbrauchen
lassen." Dann beklagte er: „Oh nein, unsere ganzen
Männer, die nun tot sind, alles umsonst." Doch Jan
antwortete: „Sei nicht so betrübt und mach dir keine
Sorgen, denn die meisten deiner Männer sind am Leben,
vielleicht ein bisschen verletzt, aber auch das wird schon
wieder. Wir haben sie fast ausschließlich in Fallen
gelockt."
Erleichtert antwortete der Anführer des Bergvolks: „Dann
willst du mir also sagen, dass wir gehen dürfen?"
„Natürlich dürft ihr gehen, aber uns wäre es sogar lieb,
wenn ihr bleiben würdet. Wir selbst sind keine guten
Schiffbauer und ein fleißiges Volk wie euch könnten wir
mit Sicherheit gut gebrauchen. Aber ihr müsst euch an die
Regeln hier halten, es wird nichts mehr geraubt oder sonst
wie mit Waffen gestritten."
Ismack lachte vor Erleichterung, dann sagte er: „Hier im
Paradies leben, ohne zu stehlen oder zu kämpfen und

dafür versorgt sein? Lass mich einen Moment nachdenken. Na gut."
Jetzt lachten Jan, Ismack und Penlo laut und es war beschlossen, dass die neuen Völker ebenfalls in Andaria blieben.

Nun trafen auch die anderen Anführer ein und sahen, dass alles so geklappt hatte, wie es das Orakel prophezeit hatte. Daraufhin schickten sie ihre Leute los, um die Männer aus den Fallen zu befreien. Melodie und ihre Meerjungfrauen nutzten ihr ganzes Wissen über Medizin und Heilkunde, um sie zu versorgen und sie schnellstmöglich wieder fit zu bekommen.

Kraimael brachte man zunächst in ein Unterwasserverlies in das Reich von Melodie.

Es war ein spezielles Gefängnis unter Wasser, in dem man aufgrund eines ausgeklügelten Systems atmen konnte. Da sich aber die Atemluft nur über diesen Raum erstreckte, war allen klar, dass Kraimael aus diesem Gefängnis nie wieder ausbrechen könnte oder beim Ausbruch den Tod des Ertrinkens in Kauf nehmen müsste.

Anschließend bereiteten sie alles für ein großes Fest vor. Leider waren die guten Vorräte der Menschen alle mit der Burg vollkommen verbrannt, weshalb das große Festmahl diesmal ausblieb. Doch die Feen und Waldbuckler halfen aus. Die Feen brachten Wein und einige Früchte wie Trauben, Äpfel, Erdbeeren und eine leckere süße grüne Frucht mit rosa Punkten, die sie Lebensfrucht nannten.

Der brennende Wind der Zerstörung

Die Waldbuckler brachten selbstgebrautes Bier und Pökelfleisch.
Bald konnte eine Feier unter freiem Himmel mit offenem Feuer beginnen.
Doch bevor das Fest endgültig anfangen konnte, stellte sich Jan auf den höchsten Punkt der Burgruine und hielt eine kleine Ansprache, bei der alle gespannt zuhörten:
„Meine Freunde, wieder einmal haben wir Andaria gerettet und wieder einmal haben wir bewiesen, dass wir nur durch unsere Gemeinschaft stark sind. Als vor einigen Hundert Jahren der Gemeinschaftsgedanke und dieses Bündnis entstanden sind, war genau das das Ziel: ein Leben friedlich und gemeinsam in Wohlstand und Freude zu führen, sich zu helfen und zu unterstützen und bei Gefahr sich gegenseitig zu beschützen. Auch diesmal ist es uns mit der Hilfe aller gelungen, dafür danke ich euch.
Da eine Gemeinschaft auch wachsen darf, freue ich mich, zwei neue Gemeinschaftsmitglieder bei uns zu begrüßen. Zum einen die Rammwesen aus dem Nebelwald, angeführt von Basto, dem mein großer Dank und mein Respekt gilt, und zum anderen das Bergvolk, das zwar getäuscht wurde, aber seinen Fehler einsieht, sich entschuldigt hat und nun gerne bei uns bleibt. Beide Völker werden eine große Bereicherung für uns sein und wir für sie. Also, heißt sie bitte herzlich willkommen.
Ich denke, nun ist es genug der vielen Worte, lasst uns endlich feiern."

Der brennende Wind der Zerstörung

Kaum hatte er die letzten Worte gesprochen und die Masse jubelte und klatschte, da ließen es sich die Waldbuckler nicht nehmen, auch schon die ersten Biere zu zapfen.

Die Schlossband nahm sich einige Äste und Steine als Instrumente und spielte auf ihnen. Ein paar Meerjungfrauen gesellten sich zu ihnen und sangen die schönsten Lieder.

Alle Anführer mischten sich unter das Volk, um gemeinsam zu feiern.

Gandural und Jan stießen gemeinsam auf die tolle Zukunft mit neuen Freunden an.

„Das hast du wieder gut hinbekommen, Jan."

„Ach Gandural, ohne deine Hilfe und die Hilfe der anderen hätte ich es nicht geschafft. Danke."

Viele schöne Stunden feierten sie ausgelassen. Auch wenn die Füchse mal wieder als Erste betrunken in der Ecke schliefen, so ging die Feier doch in vollem Gange weiter. Nichts konnte Gandural davon abhalten, sein geliebtes Feuerwerk zu zaubern, das mit Blitzen den ganzen Himmel hell erleuchtete und das nach wie vor alle faszinierte.

Irgendwann standen Ismack und Penlo auf und gingen zur Band, um dort ein Dankeslied an die Andarier zu singen, doch sie waren so betrunken und sangen so schief, dass alle heilfroh waren, als es vorbei war.

Jedes Volk bereicherte die Feier auf seine Art, ob mit gutem Gesang, Tanz oder einfach nur mit netten

Der brennende Wind der Zerstörung

Gesprächen, bis das Fest in den frühen Morgenstunden ein Ende fand.

In den nachfolgenden Wochen und Monaten trat so langsam der Alltag wieder in Andaria ein.

Alle fassten mit an und halfen, das Schloss wieder aufzubauen, und nach einer verhältnismäßig kurzen Zeit war alles wieder wie früher.

Als die Burg endlich wieder aufgebaut war, ging Jan auf seinen Balkon und blickte aufs Meer hinaus. Er dachte an die Weite und was er durch seine neuen Freunde und die Schiffe, die sie mitgebracht hatten, vielleicht in Zukunft auf dem Meer oder auf anderen Inseln alles erleben könnte. Als er so vor sich hin träumte, überkam ihn plötzlich ein seltsames Gefühl. Dann blickte er erschrocken auf das weite Meer.

Ende

Der brennende Wind der Zerstörung

Der brennende Wind der Zerstörung

Der brennende Wind der Zerstörung

Der brennende Wind der Zerstörung

Wieder ist das Land Andaria in großer Gefahr und König Jan versucht erneut, es mit Hilfe seiner Freunde und Verbündeten zu retten.

Eine Geschichte über Lug und Trug und die Kraft einer Gemeinschaft, die geschlossen zusammenhält.

Herstellung und Verlag:
BoD – Books on Demand, Norderstedt
ISBN: 978-3-7504-1581-2